まろい

詩　山口節子
画　山口そら

まろい

詩　山口節子
画　山口そら

まろい
まろい

まるい
まるい

まあるい
まあるい

ほっ

まるは
まるく
まるく
この世に
うまれた

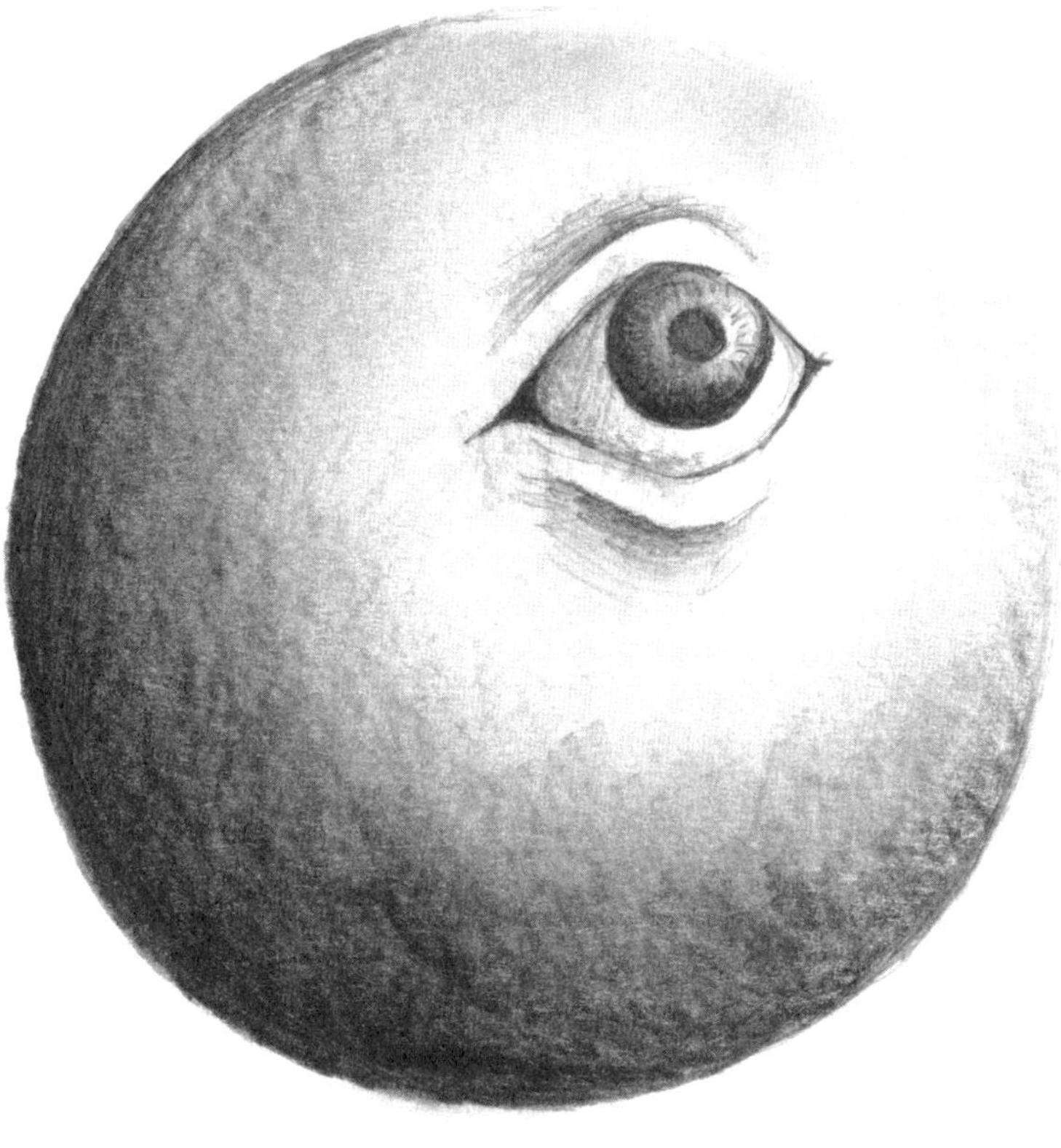

まるには
かどがない
とんがりもない

まるは
ぐるりと
どこまでも
自由だ

まるには
いろんなまるがある
どんなまるも
まるの仲間だ

のっぽもいれば
ちゃっこいのもいる
ひらべったくても
でこぼこでも
まるはまる

まるは
見かけのちがいなんて
気にしない

同じまるなんて
ひとつもないのだから

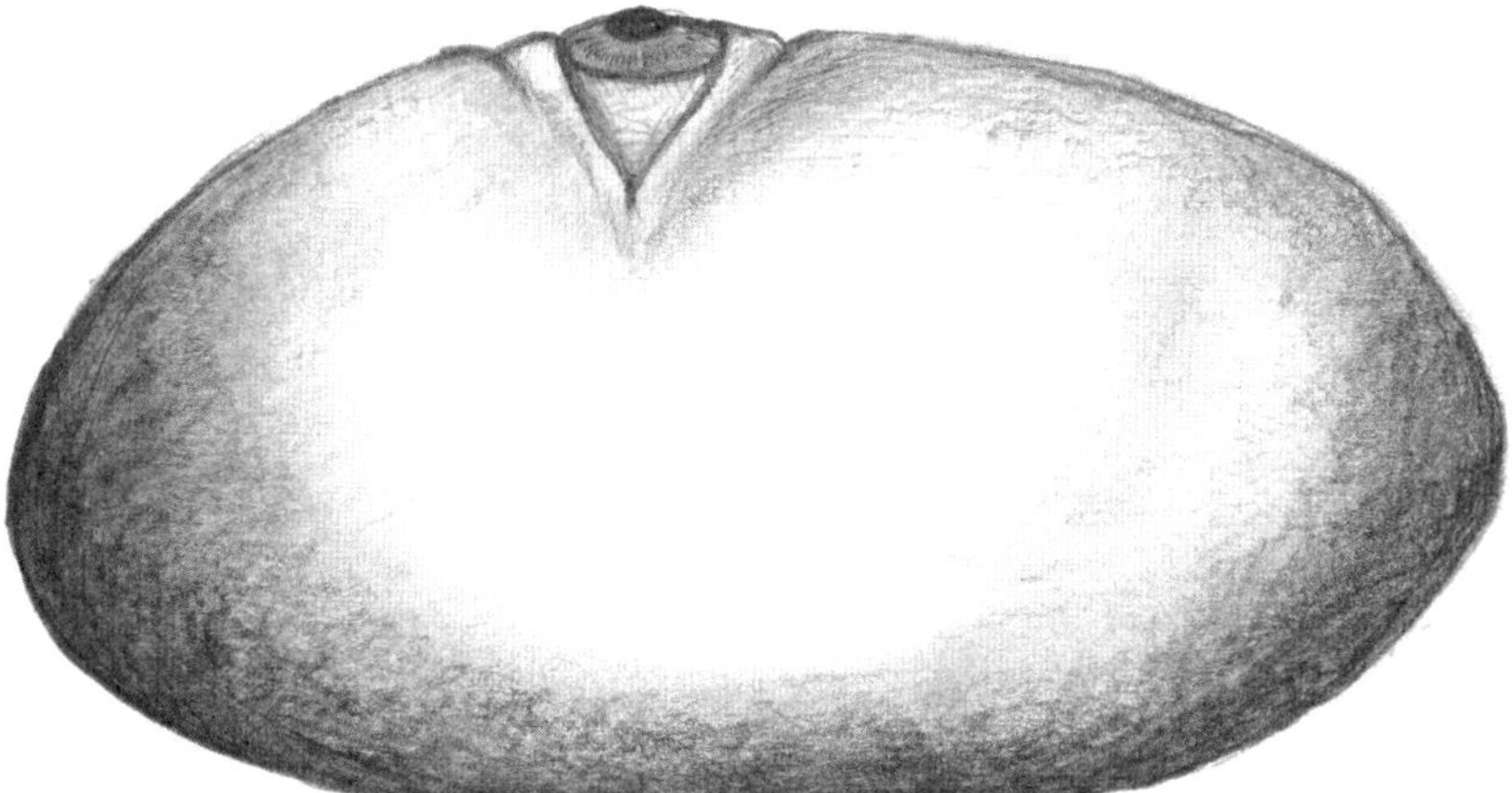

まるの目は
まるのまんなかで
じっと見ている

だまって
ただ見ている

ときどき
まばたきをする

ときどき
まぶたを閉じて
見てきたものを
吐き出したりもする

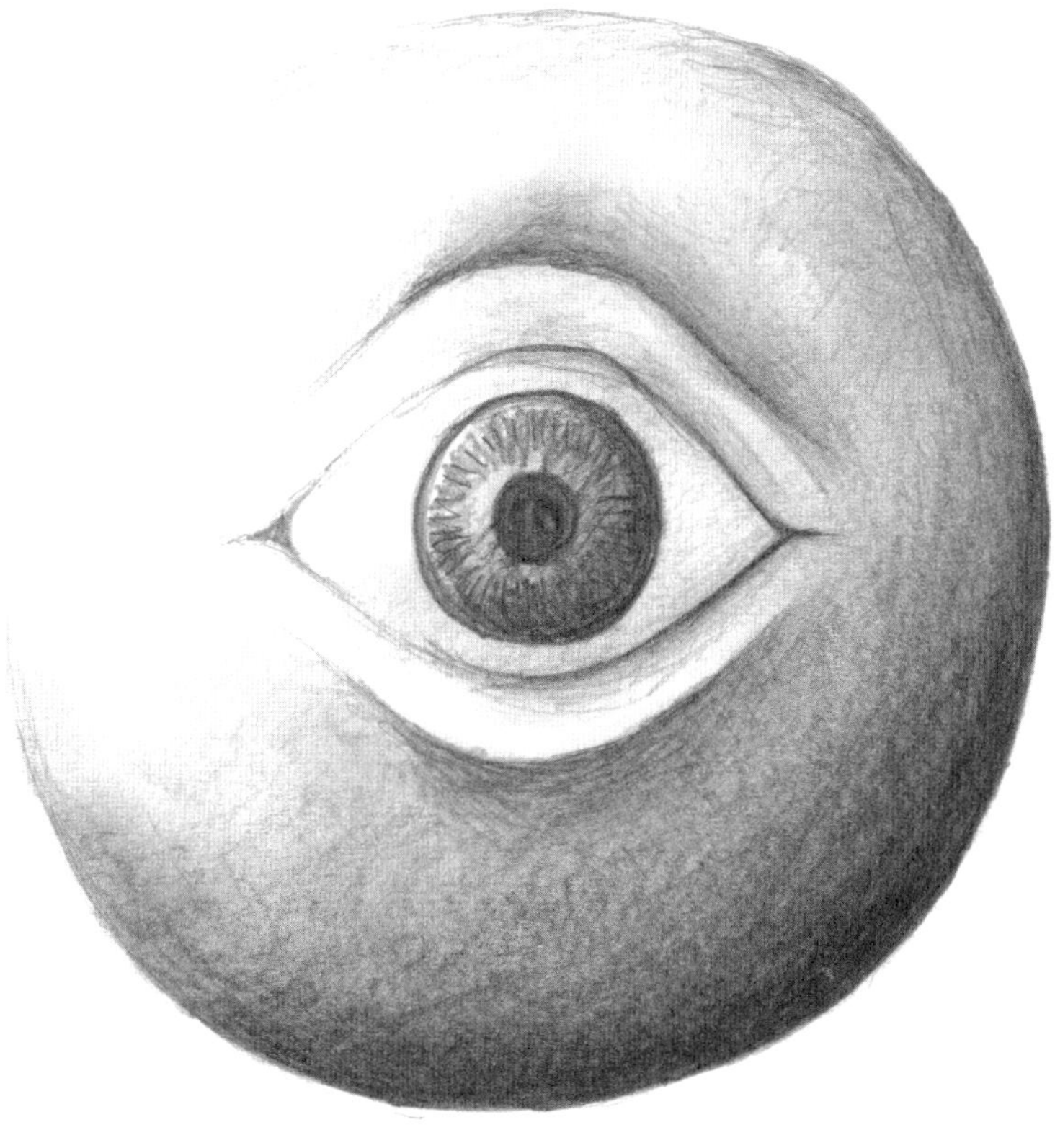

まるの耳は
まるの内側に
ぴたりとついている

まるの耳は
小さなまろいかたつむり
つのをのばして
世界の音をきいている

世界がさわがしくなると
つのをひっこめ
まろいまろい
まるの中でまるくなる

けれど
まるの耳は
なにひとつ　ききのがさない

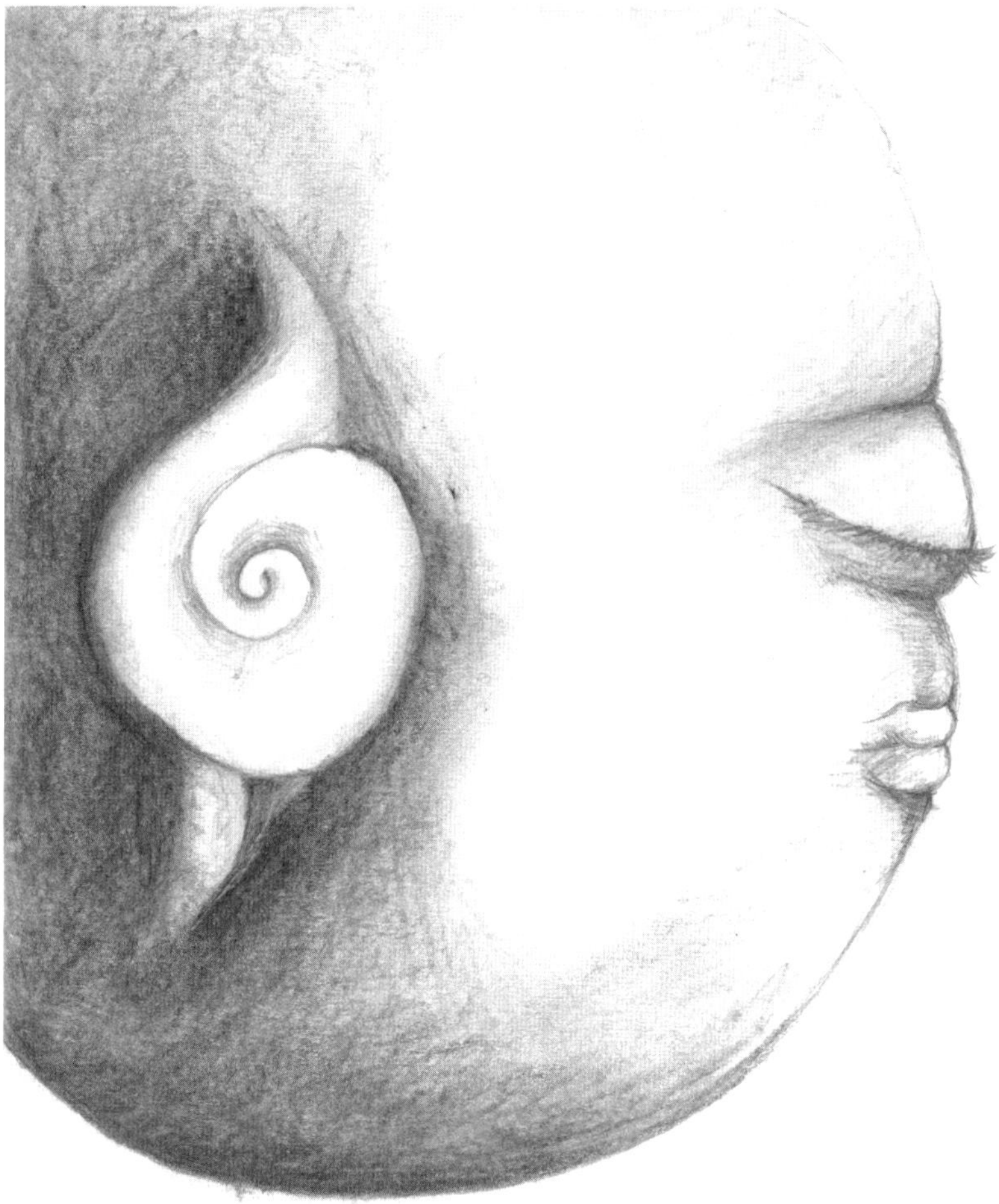

まるはまるの
いちばん深いところに
こころを抱いている

こころはおびえやすく
いつも少しふるえている

こころは傷つきやすく
いつも少しどきどきしている

石をぶつけられないかと
はらはらしている

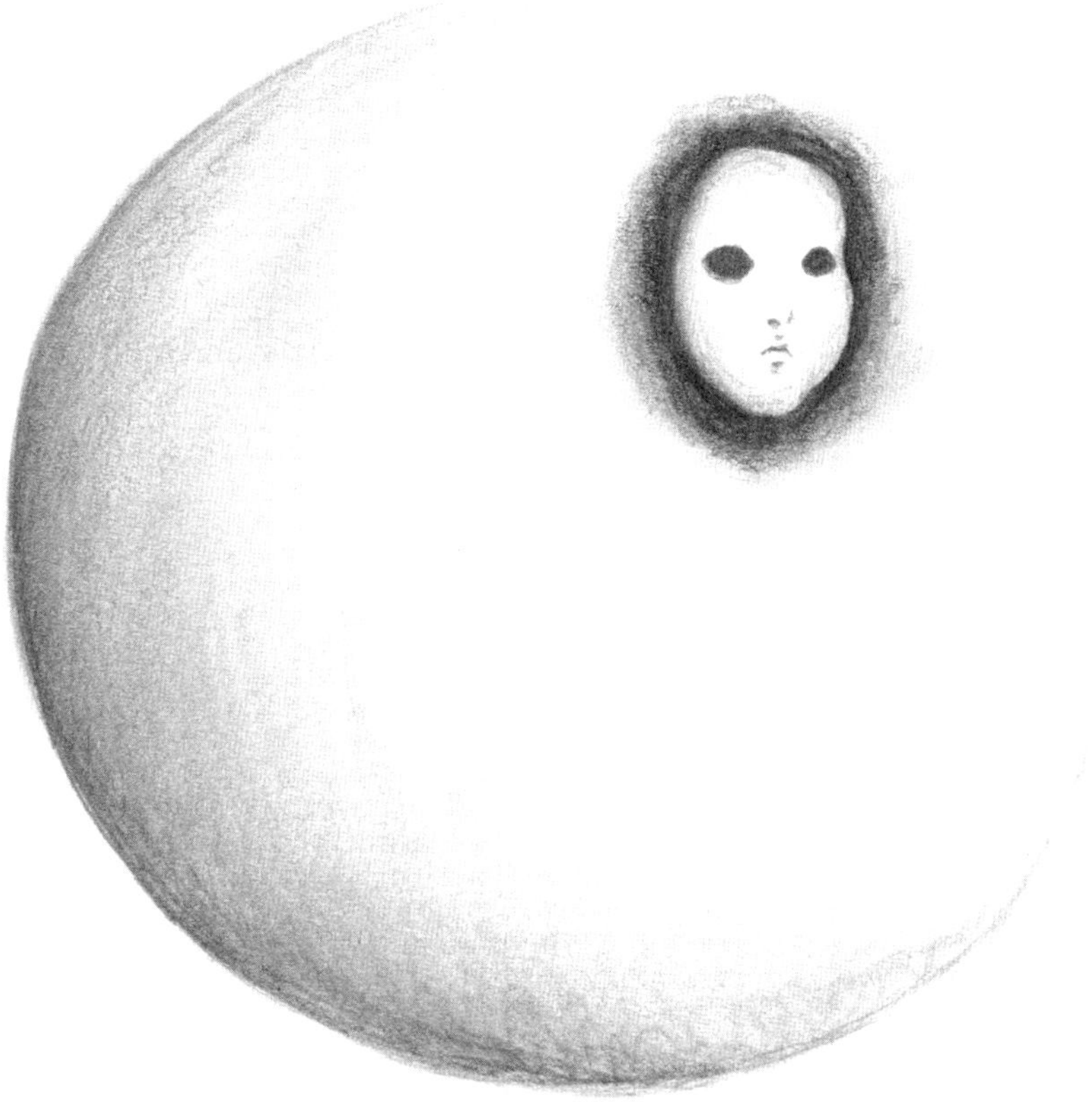

あるとき
ごつごつした石がとんできて
まるの表面がひび割れた

傷口からじわじわ
こころがしみだした

ぽっかりと穴があいた

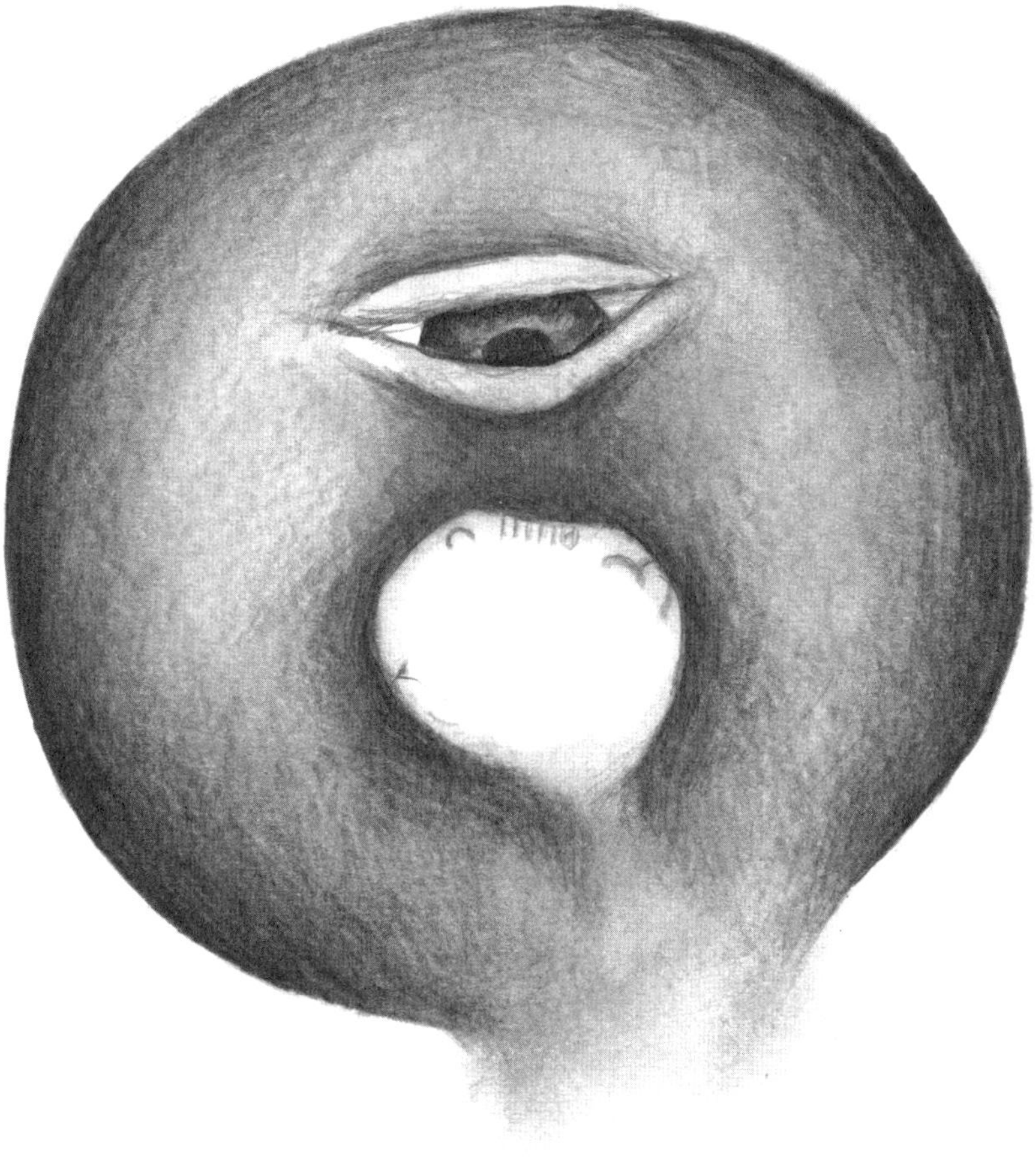

まるは
ふんだりけったりされても
傷つかないでいられる
すてきな方法をおぼえた

ポーンと空に向かって
飛びはね
まろい
まろいと
となえる

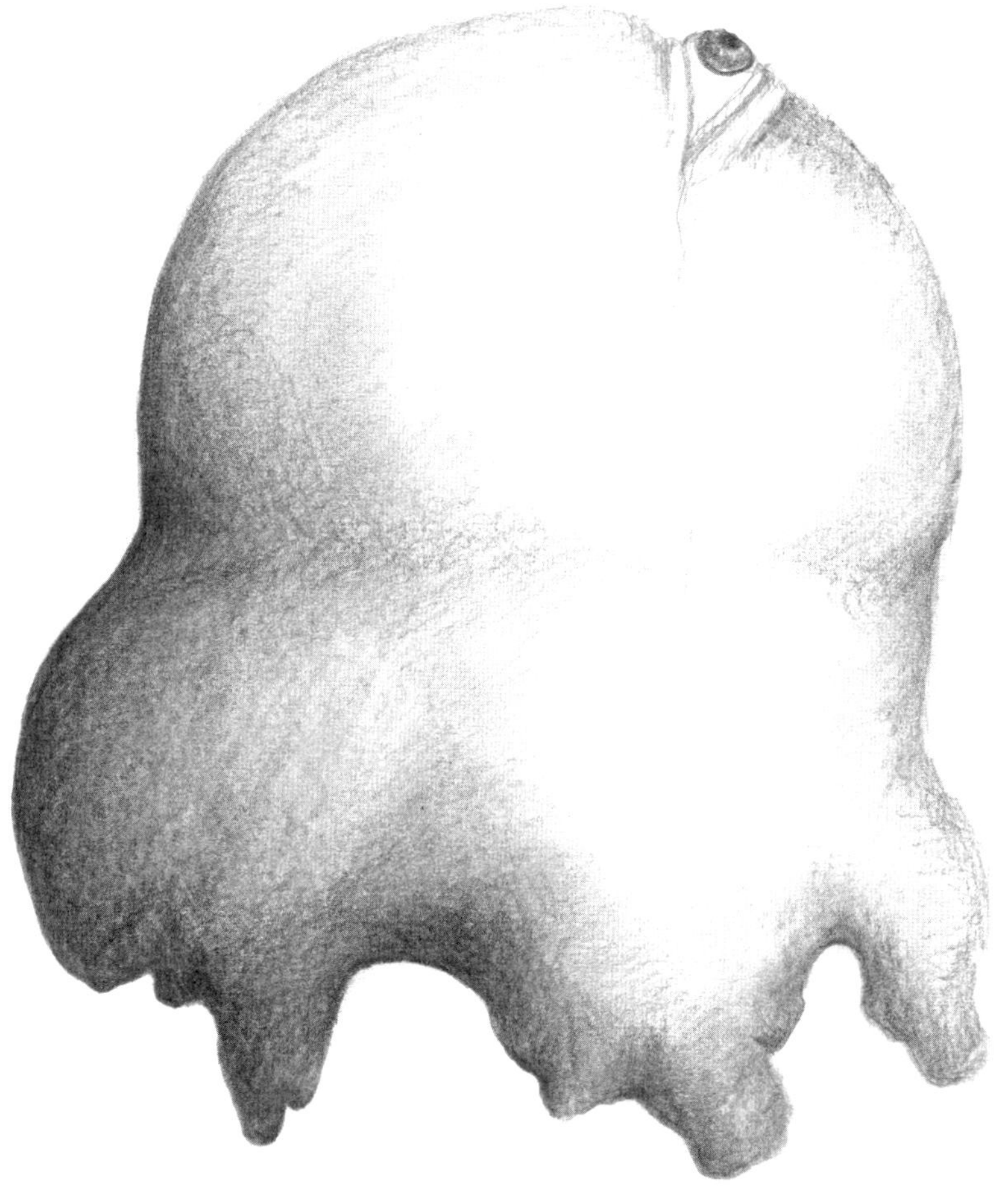

天が地になって
地が天になって
くるりと着地する

まるはまるであることが
すてきなことだと
ある日気づいた
まるのこころははずんでいた

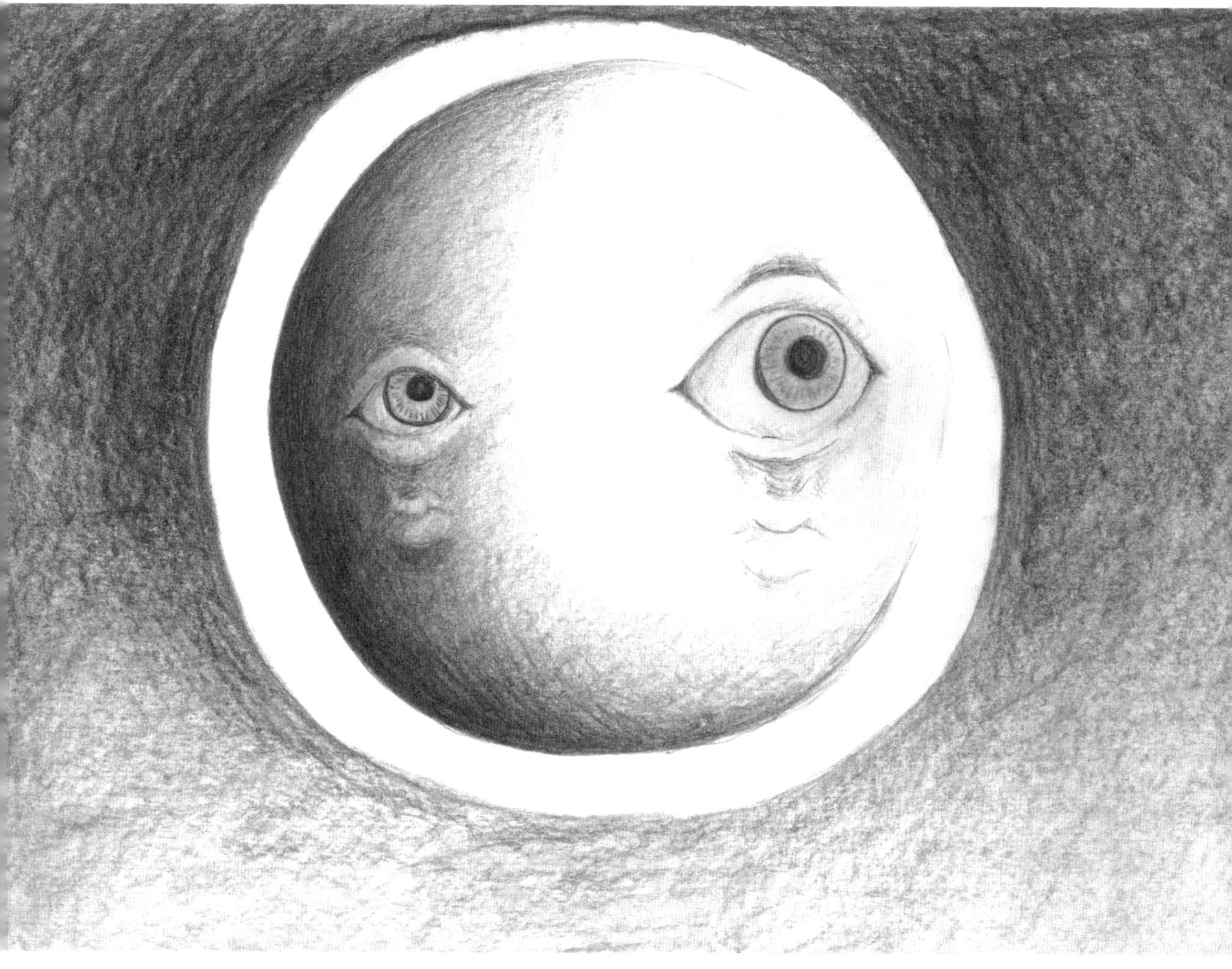

まるは
夢をみる

やわらかい
陽ざしをあびて
しろつめくさの草原を
ころがっている
仲間たちもころがっている
みんなばかにうれしそうだ

まるとまるがぶつかっても
だれも文句をいわない

くすぐったいような
風がふいて
まるの夢は
草原のうえを
ころがってゆく

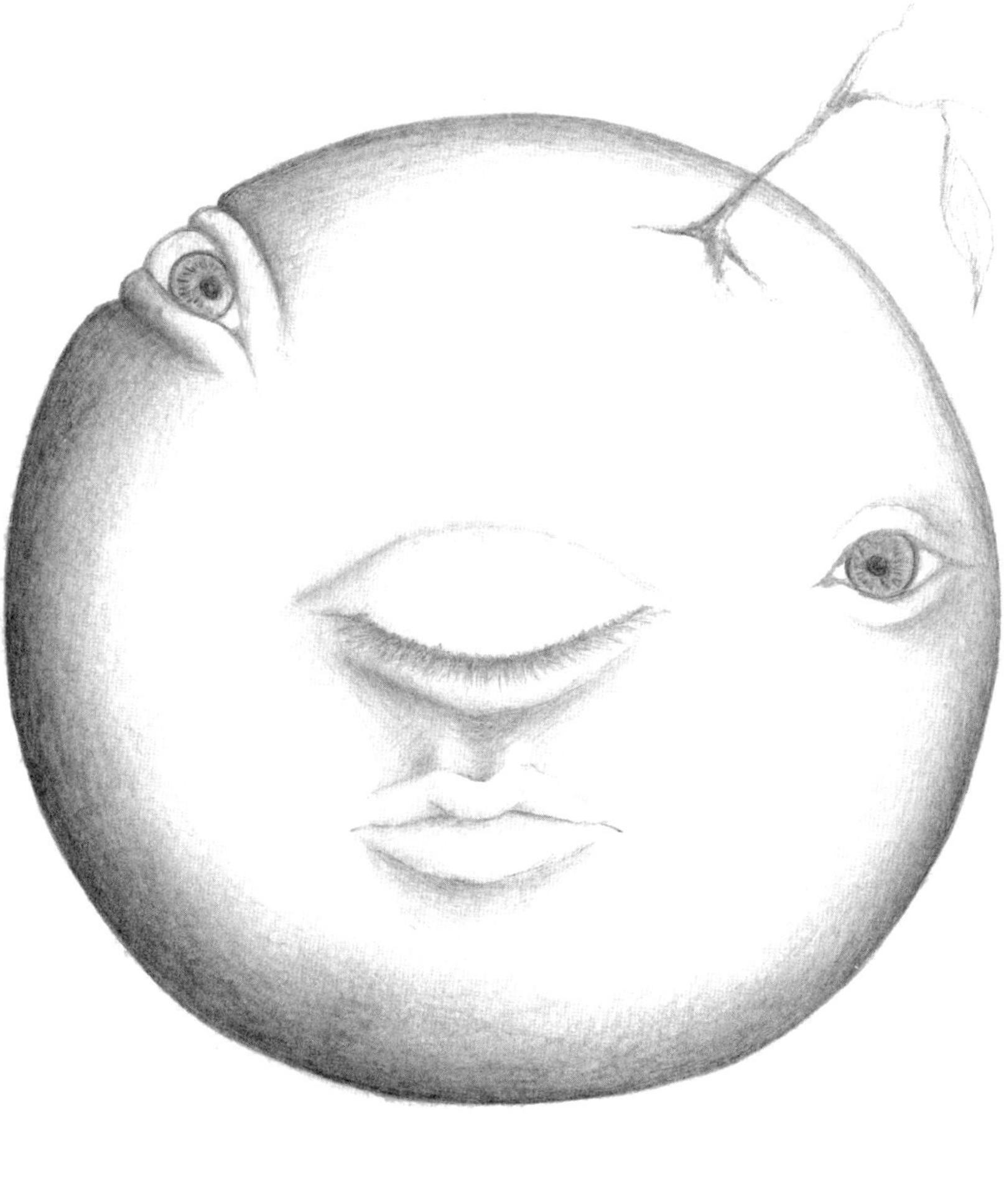

とつぜん
大地がゆれて
まるの夢はふきとんだ

まるは
天と地のあいだにはさまり
押しつぶされそうになる

ほっ
ほっ

まるのうちがわから
太古の力がわきおこる

まるは
天を押し上げ
地を押し下げ
大地のゆれに
立ち向かう

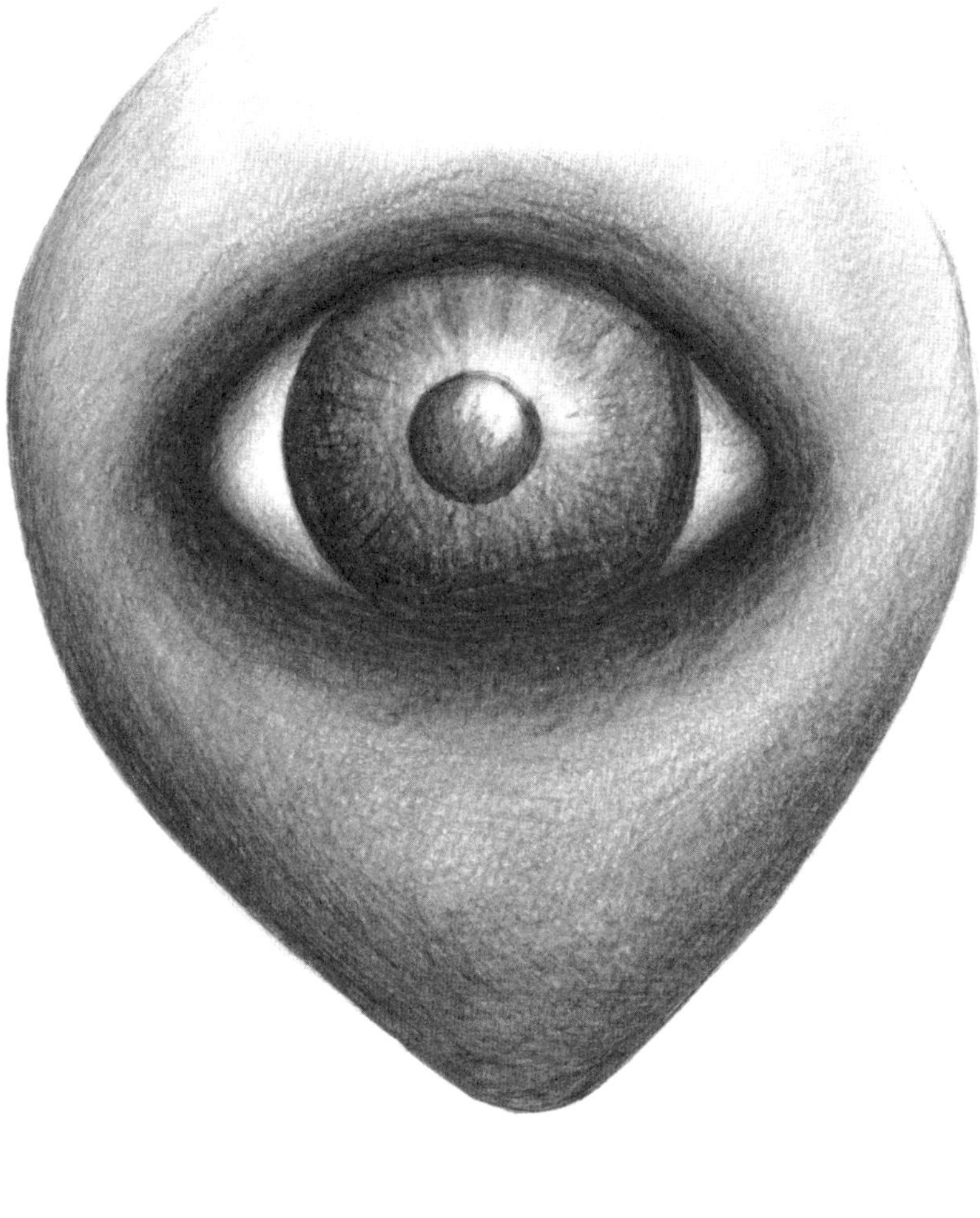

まるは
まるであることで
じゅうぶん幸せだ

ひとのものを
欲しいなどとはおもうまい
ましてや
よその世界のもの
よその国のものを
自分の国のものに
しようなどとはおもうまい

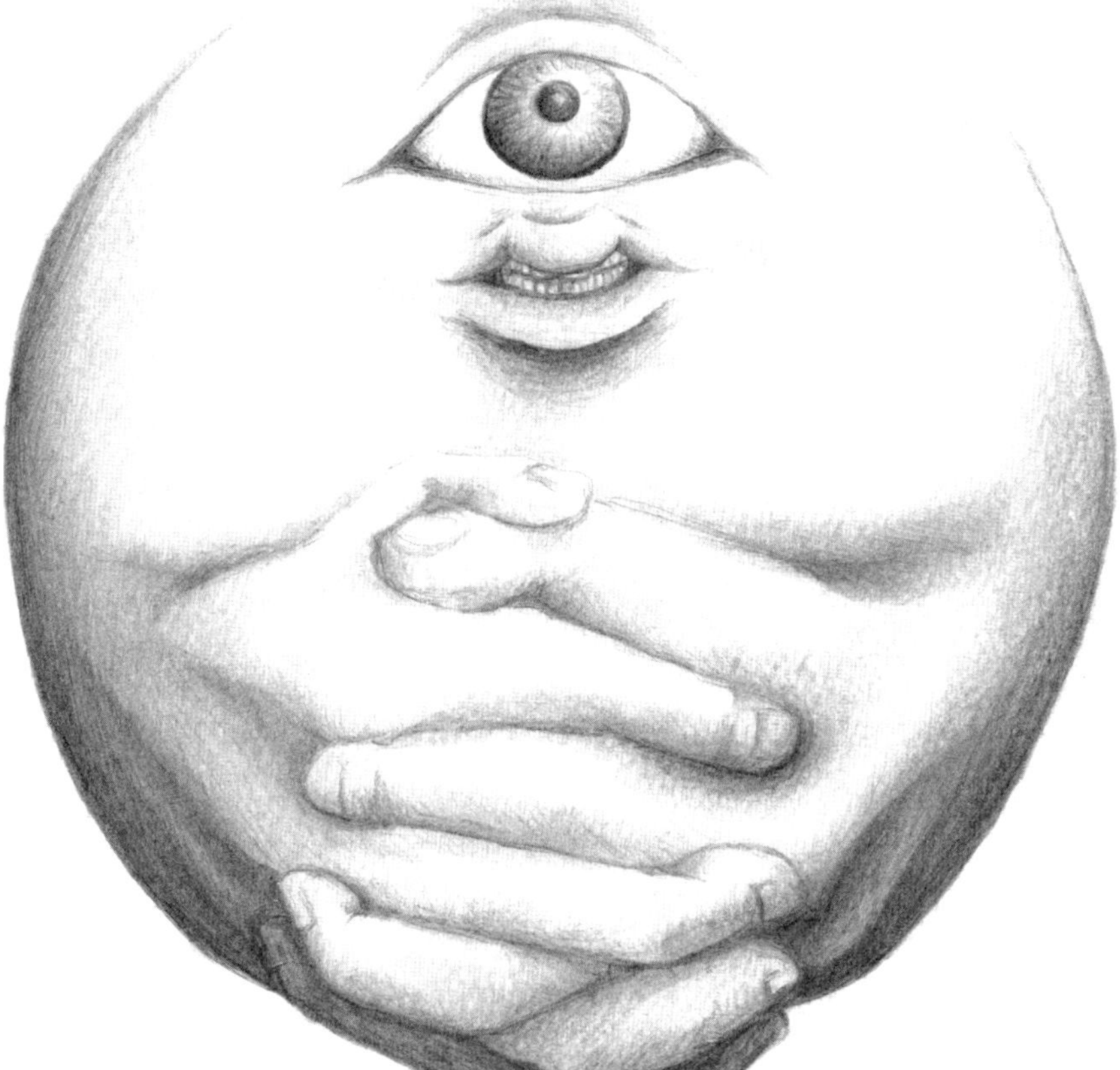

ひとのものを欲しがるとき
争いがおこる
戦争がおこる

まるには
争いはいらない
戦争はいらない

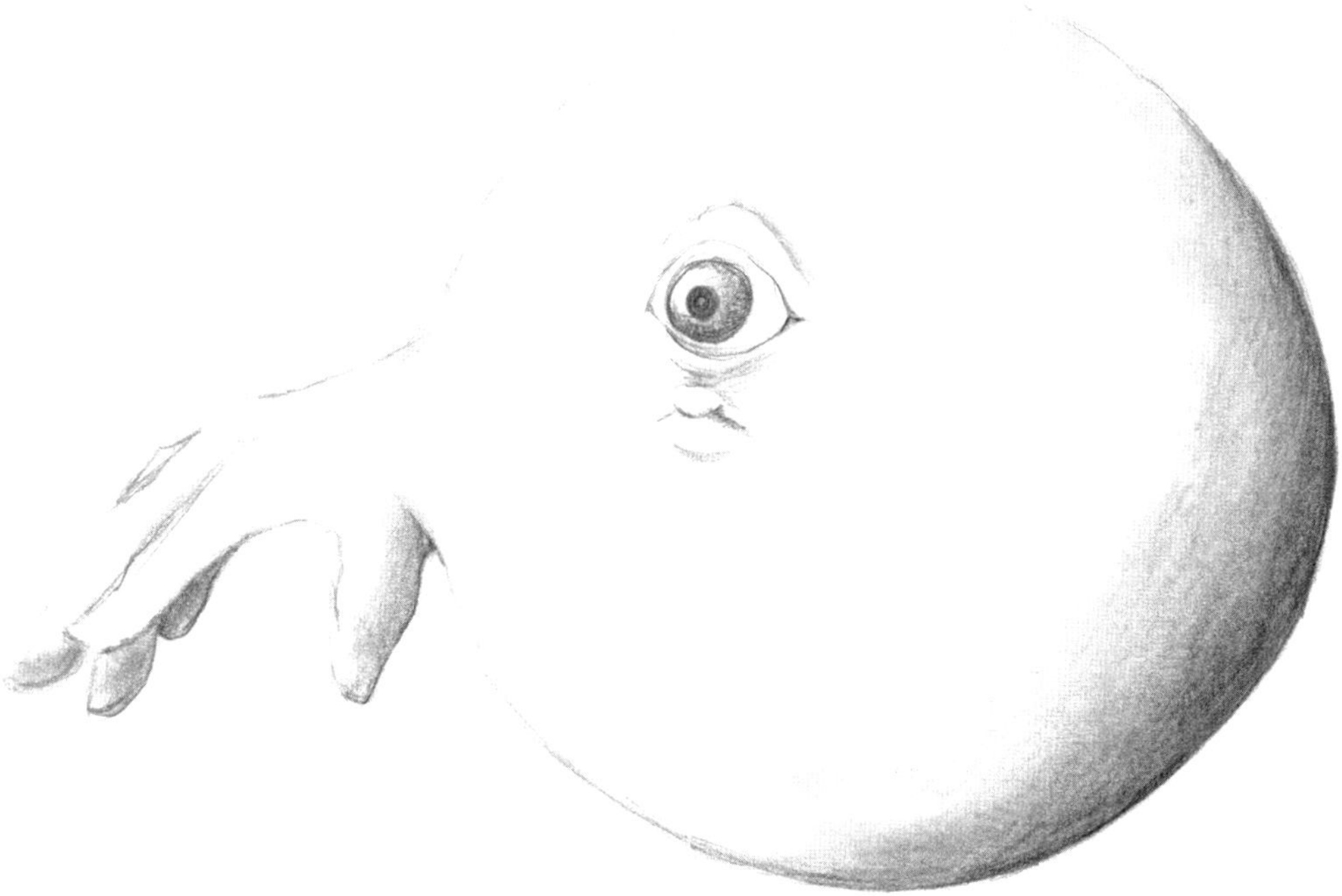

コラボレーション

山口　節子（児童文学作家）

まろい、まろいイラストが生まれていました。
それをみて「まろい」の詩が生まれました。
イラストはその詩をよんで、「まろい」のイラストを描きました。
そのイラストを眺めているうちに、また詩が生まれ、
詩からイラストが生まれて
イラストから詩が生まれ、詩からイラストが生まれ、
やがて、一冊の本が生まれました。

詩は
イラストからあふれくる
力強いトランペットの音や
地を揺する太鼓の響きを
シャワーのようにあびて
生きよ
という声をききとり
けんめいに言葉を紡ぎました。

イラストは
耳もとに息づいている
年老いてゆく身近な人間の
みなもとへと還る道筋を照らそうと、
けんめいに力をふりしぼりました。

山口 節子（やまぐち せつこ）

1936 年 1 月 29 日生まれ　児童文学作家

日本児童文学者協会会員

日本ペンクラブ会員

楊名時八段錦・太極拳師範

作品に『としばあちゃんのケン玉作戦』,『菜の花さいたら』,

『おどって！ウズメ』,『あかい さばくの まじょ』（絵本）,

『ちえちゃんのおはじき』（絵本）,『そらちゃんとカラスボッチ』,

『そらちゃんとへびひめさま』ほか多数。

山口 そら（やまぐち そら）

1995 年 3 月 6 日生まれ

まろい

発行日　2015 年 8 月 1 日　初版第 1 刷発行

詩　山口節子
画　山口そら
装丁　中嶋香織
発行者　佐相美佐枝
発行所　株式会社てらいんく
〒 215-0007　神奈川県川崎市麻生区向原 3-14-7
TEL　044-953-1828　FAX　044-959-1803
振替　00250-0-85472
印刷所　株式会社厚徳社

ISBN978-4-86261-115-4　C0092